AF465204

L'AMANT INSTITUTEUR.

VAUDEVILLE.

ERRATUM ESSENTIEL

A CORRIGER.

Page 17, deuxième Couplet, cinquième vers. *Au lieu de lire* :
Clémence fidèle et tendre, *lisez* :
Demeurez fidèle et tendre.

L'AMANT INSTITUTEUR.

VAUDEVILLE

EN UN ACTE ET EN PROSE;

PAR

MM. MAXIME DE*** ET DEFRENOY.

REPRÉSENTÉ, pour la première fois, sur le Théâtre des Jeunes Elèves, rue de Thionville, le 20 Vendémiaire an XIV, (18 Octobre 1805).

A PARIS,

Chez ANT. BERAUD, Imprimeur, rue Mazarine N°. 20, derrière le Collège des Quatre Nations;
Et au Théâtre des Jeunes Elèves, rue de Thionville.

BRUMAIRE AN XIV.

PERSONNAGES.	ACTEURS.
SAINVILLE, (sous le nom de Floricourt, Amant de Constance.)	Mr. AUGUSTE.
DORVAL, (Amant de Mme. de Roselle).	Mrs. BASNAGE, VERNET.
GERMAIN, (Jockei de Mme. de Roselle).	Mr. LEMONNIER.
Mme. DE ROSELLE, (jeune Veuve).	Mlle. PAULINE.
CONSTANCE, (Nièce de Me. de Roselle).	Mlle. ANNETTE.
DORINE, (Gouvernante de Constance).	Mlle. BARDOUX.

COUPLET D'ANNONCE.

Air *du Vaudeville des Femmes.*

Ne jugez pas avec rigueur
Nos auteurs qui tremblent d'avance;
A leur *Amant Instituteur*
Donnez des leçons d'indulgence.
Par un sifflet improbateur
Ne troublez pas leurs jolis rêves;
Laissez passer l'Instituteur
En faveur des JEUNES ÉLÈVES.

L'AMANT INSTITUTEUR.

Vaudeville en un Acte et en Prose.

SCÈNE PREMIÈRE.

SAINVILLE (*sous le nom de Floricourt*), DORINE.

DORINE.

Eh bien ! comment vont les amours ?

SAINVILLE.

Que veux-tu dire, ma chère Dorine ?

DORINE.

Que vous n'avez pu échapper à mes regards pénétrans, et que j'ai découvert en vous......

SAINVILLE.

Quoi donc ?

DORINE.

Un amant.

SAINVILLE.

Un amant ! tu veux plaisanter.

DORINE.

Jamais une femme ne plaisante sur cet article-là ; d'ailleurs, Monsieur, j'ai un moyen sûr pour voir qui l'on est.

SAINVILLE.

Il est donc inutile de garder plus long-tems le silence avec toi.

DORINE.

Parlez, je brûle de savoir....

SAINVILLE.

Veuf, depuis cinq ans, d'une femme qu'il adorait, et qui lui avait laissé une fille charmante (l'aimable Constance), le baron de Florbal....

DORINE.

Mourut et laissa Constance âgée de onze ans, et dont j'ai l'honneur d'être femme de chambre, sous la tutelle d'Adèle de Méransy, sa belle-sœur, veuve, depuis deux ans, du comte de Roselle, qui l'avait laissée, à 17 ans, maîtresse d'une fortune considérable. Je sais tout cela.

SAINVILLE.

Adèle, avant son mariage, avait eu une inclination pour je ne sais quel militaire.

DORINE.

Et pour l'empêcher de concevoir quelque soupçon sur sa fidélité, madame de Roselle, depuis cinq ans qu'elle est veuve, demeure dans cette campagne avec mademoiselle Constance, et ne voit pour toute société que vous, monsieur Floricourt.

SAINVILLE.

A mon tour maintenant. Un jeune homme, nommé Sainville, habitant de la ville voisine, apperçut Constance, en devint éperdument amoureux et résolut de pénétrer jusqu'à elle. Comment faire? Mme. de Roselle avait interdit l'entrée de sa maison à tout le monde, excepté à M. Frémond qui apprenait à Mlle. Constance le dessin, la musique et la poésie. Sainville gagna M. Frémond, et ce dernier consentit à la présenter chez la Dame, comme pouvant le suppléer dans les leçons qu'il donnait à la jeune personne. Il fut agréé : sous un nom supposé il jouit du plaisir de voir chaque jour celle qu'il adore ; et ce Sainville est devant toi.

DORINE.

Comment, Monsieur, vous êtes le Sainville dont j'ai si souvent entendu parler, et dont l'éloge est dans toutes les bouches.

SAINVILLE.

C'est moi-même.

DORINE.

Et vous êtes épris d'une enfant qui vient d'atteindre sa quatorzième année?

SAINVILLE.

AIR : *C'est à mon maître en l'art de plaire.*

Ah! loin de moi l'indifférence;
Sans l'amour on n'est point heureux.
Il faut n'avoir pas vu Constance,
Pour ne pas éprouver mes feux....
Oui, son teint où le lys repose,
Ses yeux qu'anime Cupidon,
Tout dit qu'un jour sera la rose
Où l'on ne voit que le bouton.

DORINE.

Mais, Monsieur, toutes les femmes vont se liguer contre vous.

SAINVILLE.

Même air.

O toi, dont les grâces, les charmes,
Font que l'on t'aime en te voyant,
Sexe charmant, sois sans alarmes
De mon amour pour une enfant.
De ma préférence la cause
Doit me mériter mon pardon:
Si j'oublie un moment la rose,
Ce n'est qu'en faveur du bouton.

DORINE.

Et vous voudriez que ma jeune Maîtresse vous aimât?

SAINVILLE.

En pourrais-tu douter?

DORINE.

Je ne négligerai aucune occasion de vous être utile.

SAINVILLE.

Tu es charmante. (*Il l'embrasse. Au même instant Constance parait.*)

SCÈNE II.

CONSTANCE, DORINE, SAINVILLE (*sous le nom de Floricourt*).

CONSTANCE.

Continuez, je me retire.

SAINVILLE (*à part*).

Constance! Que va-t-elle penser?

DORINE.

Mademoiselle, je vous jure.

CONSTANCE.

Ne jurez pas; vous ne pouvez démentir ce que j'ai vu.

SAINVILLE.

Mademoiselle, si j'osais....

CONSTANCE.

Une marque d'amitié aussi grande prouve assez votre attachement pour cette fille.

SAINVILLE.

Il est vrai que je l'aime beaucoup.

CONSTANCE.

J'en suis charmée. (*A part*). J'en meurs de dépit.

DORINE.

Mademoiselle, veuillez entendre ma justification.

SAINVILLE (*à part*).

Que va-t-elle dire?

CONSTANCE.

Eh bien! parlez.

DORINE.

M. Floricourt est poëte, je lui racontais une idée de scène assez neuve, et elle l'a assez amusé pour qu'il m'en ait témoigné sa reconnaissance.

CONSTANCE.

Vous m'en imposez.

DORINE.

Non, et pour preuve, je vais vous la dire: Il s'agit d'une soubrette qui fait une déclaration à sa maîtresse pour un jeune homme qui se trouve présent à l'entretien.

CONSTANCE.

Cela doit être curieux; voyons.

DORINE.

La soubrette est entre les deux amans; le jeune homme est pensif; la jeune personne impatiente de savoir ce que veut lui dire sa suivante (tenez, absolument comme vous voilà maintenant) : la femme de chambre les observe tous deux, et dit à la demoiselle : Monsieur, que vous paraissez regarder favorablement, desirerait entendre sortir de votre bouche le mot *je vous aime*. La jeune personne rougit.

CONSTANCE.

Elle rougit ?

DORINE.

Oui, Mademoiselle rougit, mais elle n'ose dire ce mot si doux, et se contente de lancer un coup-d'œil expressif au jeune homme qui le comprend. (Bien, Mademoiselle, c'est cela, vous et Monsieur, joueriez ces rôles à merveille). L'amant, au comble de ses vœux, tire une bourse de sa poche, et la donne à la soubrette, qui allonge en même tems la main pour prendre un anneau que la Demoiselle a tiré de son doigt.

CONSTANCE.

Je me pénétrais tellement de la situation que je fesais ce que tu dis ; mais je garde mon anneau : ainsi, je cesse d'être dans l'esprit du rôle.

DORINE.

Au contraire, Mademoiselle, c'est ce que fit la jeune personne ; mais l'amant, pour l'en dédommager, tire un brillant de son doigt, le met à celui de la soubrette, qui est enchantée de voir que la Demoiselle pourra aimer son protégé. Voilà ce que je disais à Monsieur, la scène lui plut, et il me le prouvait quand vous nous avez surpris.

CONSTANCE.

Dit-elle vrai ?

SAINVILLE.

Oui, Mademoiselle.

CONSTANCE.

Eh bien ! j'en suis charmée. (*A part*. Cette scène m'a émue à un point). (*Haut*). Vous aimez beaucoup la poésie, mon cher Floricourt, et je sens que vous me la faites aimer.

SAINVILLE.

Air: *Dorilas, contre moi des femmes.*

De l'Olympe c'est le langage,
Constance, il faut vous en servir:
Si votre bouche en fait usage,
Alors il pourra nous ravir.
C'est à l'aimable poésie
Que le tendre amant a recours,
Quand il veut peindre son amie, (*bis*).
Et qu'il veut chanter ses amours. (*bis*).

DORINE.

Un poëte chante tant de personnes, que souvent on ne sait celle qu'il aime.

CONSTANCE.

Dorine a raison, et je voudrais que les poëtes fussent moins prodigues de galanteries envers des beautés imaginaires.

Air de *l'Intrigue dans la rue* (du Vaudeville).

Plus d'un poëte, chaque jour,
Avec chaleur chante une belle:
Avec froideur, à son retour,
Il parle à sa moitié fidelle.
Je voudrais donc que sa froideur
Se fît voir dans sa poésie,
Et qu'il conservât sa chaleur,
Quand il est près de son amie.

SAINVILLE.

Si elle vous ressemblait.....

CONSTANCE.

Vous m'aviez promis d'accorder mon piano, et vous l'avez oublié : allez-y, Monsieur, et mettez à profit la scène que nous a racontée Dorine.

SAINVILLE.

Je vous obéirai. (*Il s'éloigne, rencontre madame de Roselle, la salue et sort.*

SCÈNE III.

CONSTANCE, Mme. de ROSELLE, DORINE.

Mme. de ROSELLE.

As-tu pris, ce matin, ta leçon de dessin ?

CONSTANCE.

Pas encore.

Mme. de ROSELLE.

Tu es toujours satisfaite de ton maître.

CONSTANCE.

Oui..... ma tante.

DORINE.

Ah ! je vous en réponds.

Mme. de ROSELLE.

Il a beaucoup de talens et ne manque pas d'esprit.

CONSTANCE (*vivement*).

C'est vrai.... ma tante.

Mme. de ROSELLE (*à part*).

Je crains bien de ne m'être pas trompée : elle aime et ne sait pas les maux qu'elle se prépare. (*Haut*). En effet, Floricourt....

CONSTANCE (*l'interrompant*).

Serait on ne peut plus aimable, si par fois il n'était rêveur.

Mme. de ROSELLE.

Il rêve, dis-tu ?

CONSTANCE.

Souvent.

Mme. de ROSELLE.

Et toi, que fait-tu pendant ce temps ?

CONSTANCE (*embarrassée*).

Moi..... ma tante. (*à part*). Je ne sais que répondre.

Mme. de ROSELLE.

Oui, toi ?

CONSTANCE (*à demi-voix*).

Je rêve..... aussi.

DORINE.

Les rêves sont pernicieux pour la jeunesse, Mademoiselle.

Mme. de ROSELLE.

Vous avez raison.

Air: *Avec vous, sous le même toît.* (de Fanchon).

En rêvant, on voit quelquefois
Une chimère qu'on souhaite :
Cette chimère, quelquefois,
Finit par nous tourner la tête.
On se réveille quelquefois,
Séduit par d'aimables mensonges;
Craignons de vouloir quelquefois
Réaliser ses jolis songes.

CONSTANCE.

Floricourt m'avait assuré qu'on ne pouvait trop réfléchir.

Mme. de ROSELLE (*souriant*).

C'est qu'il avait ses raisons pour te parler ainsi. (*Sérieusement*). Ne t'en rapporte jamais à ce qu'il te dira....., sur tout, si c'était d'amour qu'il t'entretint.

CONSTANCE.

Oui..... ma tante.

Mme. de ROSELLE.

Mon exemple doit te mettre en garde contre l'amour. Obligée de maîtriser une passion malheureuse, pour m'unir à ton oncle, homme respectable que j'estimais, mon mariage porta le désespoir dans l'ame de Dorval, qui se fit militaire: depuis cinq ans que je suis libre, il n'a pu obtenir de congé pour venir jusqu'ici..

CONSTANCE.

C'est donc pour cela que vous soupirez sans cesse.

Mme. de ROSELLE.

C'est le sort des amans.

Air: *Du partage de la richesse.* (de Fanchon).

D'amour la rigueur est extrême,
Crois-moi, ce n'est point une erreur ;
Quand on est loin de ce qu'on aime,
On ne peut goûter le bonheur.

Sans peine on conçoit ta souffrance
Qu'éprouve un cœur comme le mien.
L'amour, je crois, avec l'absence
Ne s'arrangera jamais bien.

SCÈNE IV.

LES PRECEDENS, GERMAIN.

GERMAIN.

Un étranger, qui vient d'arriver, se dit chargé pour vous d'un paquet venant d'Italie.

Mme. de ROSELLE.

D'Italie ! Ah ! si c'était de Dorval ?

CONSTANCE (*à Me. de Roselle*).

Il me semble que l'amour cause aussi des plaisirs.

Mme. de ROSELLE.

Je ne puis résister à mon impatience. En attendant mon retour, ma chère Constance, va t'occuper à dessiner. (*Elle sort*).

CONSTANCE.

J'y cours. (*A Dorine*). N'informe pas Floricourt de notre conversation avec ma tante. Adieu, ma bonne.

DORINE.

Adieu, Mademoiselle.

SCÈNE V.

DORINE, GERMAIN.

GERMAIN (*à part*).

Me voici seul avec Dorine. Tâchons d'éclaircir mes soupçons. (*Haut*). Je ne sais si tu penses comme moi, mais j'imagine que ce message est de Dorval. Qu'en dis-tu ?

DORINE (*à part*).

Il va me questionner : tenons-nous sur nos gardes. (*Haut*). Cela se pourrait.

GERMAIN.

Crois-tu que, s'il revenait, il fût bien reçu ?

DORINE.

Pourquoi pas?

GERMAIN.

J'aime beaucoup ta dissimulation. Et M. Floricourt, hem ?

DORINE.

M. Floricourt ?.....

GERMAIN.

N'est qu'un amant déguisé.

DORINE.

Pas possible !

GERMAIN.

Je ne te savais pas tant de mérite : soubrette et discrète..... Mais tu es un vrai trésor.

DORINE.

M. Germain est-il venu pour se moquer de moi ?

GERMAIN.

Tu veux feindre ?

DORINE.

Je me retire.

GERMAIN (*l'arrêtant*).

Pourquoi me traite-tu si sévèrement ? ne suis-je plus ton petit Germain ? l'ami de ton cœur ?..... Réponds.

DORINE (*souriant*).

Tu es un adroit frippon!....... Tu veux donc que je convienne.....

GERMAIN (*l'interrompant*).

Que Floricourt est l'amant d'Adèle.

DORINE.

Non pas ; mais que je t'aime.

GERMAIN (*avec humeur*).

Je le sais depuis long-tems.

DORINE.

Dans ce cas, je n'ai plus rien à te dire.

GERMAIN.

Puisqu'il est ainsi, je ne perdrai pas une seule occasion de me venger de toi.

DORINE (*avec impatience*).

Je te donne carte blanche.

GERMAIN (*à part*).

Je ne sais rien , mais elle me le paiera.

SCÈNE VI.

LES PRECEDENS, Mme. DE ROSELLE.

Mme. de ROSELLE.

Je suis au comble de la joie. (*A Germain*). Dites à M. Floricourt que je desire lui parler. (*A Dorine*). Faites venir Constance.

GERMAIN (*à part en sortant*).

Il est certain qu'il y a quelque chose là-dessous.

(*Germain sort avec Dorine*).

SCÈNE VII.

Mme. DE ROSELLE (*seule*).

Constance avait raison, en me disant : Si l'amour cause des peines, il fait goûter mille plaisirs.

Air. *Plaisirs si purs que je regrette*. (De l'abbé Pellegrin).

L'amour est un Dieu plein de charmes,
Les plus doux nœuds il sait lier :
Si, par fois, il cause des larmes,
Il parvient à les essuyer.
D'un sentiment tendre, pur et sincère,
Lorsque nous éprouvons les feux ;
Alors, pour nous, tout est bien sur la terre :
Il faut aimer pour être heureux.

L'arrivée de Dorval va hâter mon retour à Paris, et Constance qui aime véritablement Floricourt, va, par son chagrin, altérer mon bonheur. Pauvre enfant ! je l'apperçois.

SCÈNE VIII.

DORINE, Mme. DE ROSELLE, CONSTANCE.

Mme. de ROSELLE.

Approche, ma chère : une lettre que je reçois à l'instant de Milan, m'annonce que Dorval....

CONSTANCE.

Va revenir ? ah ! tant mieux. Vous ne serez plus triste, n'est-ce pas ? Lisez-moi donc cette charmante lettre.

Mme. de ROSELLE.

Volontiers. (*Elle lit*).

Milan, 10 *vendémiaire*, *an* 14.

Air : *une fille est un oiseau.*

D'être bref, en ce moment,
Tu pardonneras sans doute ;
Je veux, pour me mettre en route,
Ne pas perdre un seul instant.
Avant ma lettre, je pense,
(Mon cœur en a l'espérance)
Nous dirons : Adieu l'absence.
J'arrive au septième jour ;
Car, pour faire diligence,
Je crains peu la concurrence ;
J'ai les aîles de l'amour.

DORVAL.

CONSTANCE.

Il est aimable, mon oncle futur, je l'aime déjà presqu'autant que....

Mme de ROSELLE.

Eh bien ?

CONSTANCE (*timidement*).

Que Floricourt.....

Mme. de ROSELLE.

Cet attachement doit avoir des bornes. (*A part*). détournons la conversation. (*Haut*). Et mon portrait, ma chère amie.

CONSTANCE

Le voilà, j'attends Floricourt pour le retoucher.

DORINE (*le regardant*).

Il est joli, ce portrait.

CONSTANCE.

Il ressemble à l'original.

Air : *Sans peine, à l'accent je comprends.* (Chap. second).

En travaillant à ce portrait,
Souvent j'ai consulté mon ame :
Ma tante, s'il n'est pas bien fait,
Mon cœur sera digne de blâme.
Chacun le trouve ressemblant ;
Comment pourrait-il ne pas l'être.
Je peins un être bienfaisant :
Ne doit-on pas vous reconnaître ?

Mme. de ROSELLE.

Petitte flatteuse.

SCÈNE IX.

LES PRÉCEDENS, SAINVILLE (*sous le nom de Floricourt*).

SAINVILLE.

Vous m'avez fait demander, Madame.

Mme. de ROSELLE.

Mon cher Floricourt, j'ai de fortes raisons de croire que je vais, sous peu de tems, retourner à Paris, et....

CONSTANCE.

Quoi ! ma tante, nous cesserions d'habiter cette campagne ?

Mme. de ROSELLE.

Pour sept à huit mois. (*A Sainville*). J'espère que vous penserez quelquefois à votre écolière ; je me flatte même de vous revoir chez moi, à mon retour.

SAINVILLE (*troublé*).

Madame. (*A part*). Fâcheux contretems !

Mme. de ROSELLE.

Constance n'oubliera jamais que c'est à vous qu'elle doit des talens qui font le bonheur de la vie.

SAINVILLE.

Et que vous possédez comme elle.

CONSTANCE.

Je ne les négligerai point.

SAINVILLE (*avec intention*).

Cultivez avec soin des talens enchanteurs :
Votre sexe leur doit plus d'une jouissance.
La musique va droit aux cœurs,
Vous charmez les yeux par la danse.
Le dessin a ses agrémens ;
D'un amant il sait rendre une image chérie.
Vous lui devez plus que la vie :
Il embellit tous vos momens.
Ces talens (croyez-moi, mon avis est sincère)
Vous donnent le droit de charmer ;
Mais quand vous avez l'art de plaire, (*en regardant*
Ne négligez pas l'art d'aimer. *Constance*).

Mme de ROSELLE.

(*A part*). Eprouvons-le. (*Haut*). J'espère que Constance ne sera pas insensible à la cour assidue qu'on lui fera ; déjà plusieurs partis se sont présentés pour elle.

SAINVILLE (*vivement*).

Déjà ?

Mme. de ROSELLE.

(*A part*). Il l'aime, plus de doute. (*Haut*). Cela vous étonne ?

SAINVILLE.

Non, Madame. (*A part*). Sachons si Constance approuve mon amour.

Mme. de ROSELLE.

Ma nièce vient de terminer mon portrait, je desirerais que vous l'examinassiez.

CONSTANCE.

Comment le trouvez-vous ?

SAINVILLE.

Air : *Souvent on voit à la fenêtre.* (De l'intrigue dans la rue).

Dans ce portrait simple et fidele,
J'admire (et ne suis point flatteur)
La rare beauté du modèle,
Et le talent de son auteur.

Avec vous je ne saurais feindre ; (*à Me. de Roselle*).
A tort on a tracé vos traits.
A quoi sert de vous faire peindre?
Peut-on vous oublier jamais ?

DORINE (*à part*).

Cela regarde la nièce aussi bien que la tante.

Mme. de ROSELLE.

(*A part*). Ménageons-leur un entretien. (*Haut*). Le costume me paraît susceptible de quelques changemens. Je vous laisse avec ma nièce, concertez-vous ensemble. (*A part à Dorine*). Ecoute leur conversation, et tu m'informeras de tout.

DORINE.

Cela suffit.

(*Madame de Roselle sort*).

SCÈNE X.

LES PRÉCÉDENS, *excepté* Mme. DE ROSELLE.

CONSTANCE (*tristement*).

Nous allons donc nous quitter ?

SAINVILLE.

Il le faut bien. Daignerez-vous quelquefois me permettre de me rappeller à votre souvenir ?

CONSTANCE.

Mais.... oui. (*En regardant le portrait*). Et le portrait, n'y trouvez-vous rien à faire ?

SAINVILLE.

Non.

CONSTANCE.

Et le mien ! vous me l'aviez promis.

SAINVILLE.

Il est heureux pour moi que votre départ m'ôte la possibilité de vous satisfaire.

CONSTANCE.

Expliquez-vous ?

Air : *un jour il est agriculteur.* (M. Guillaume).

En peignant un sexe enchanteur,
Qu'amour créa pour tout séduire,
On ne peut défendre son cœur
Du sentiment qu'il nous inspire,
Mais en contemplant les attraits
Du modèle qui nous enflamme,
Le peintre sait fixer les traits;
L'amant ne peut fixer son ame.

DORINE (*malicieusement*).

Souvent aussi un amant fixe l'ame de celle qu'il aime sans faire son portrait, n'est-il pas vrai, Mademoiselle?

CONSTANCE (*baissant les yeux*).

Cela se peut. (*A Sainville*). Et nous allons nous séparer.

DORINE.

Pour long-tems peut-être? (*A Sainville*). Hazardez la déclaration.

SAINVILLE (*à Constance*).

Si vous vouliez, nous ne nous quitterions jamais.

CONSTANCE.

Parlez? Que faudrait-il faire?

SAINVILLE.

Air : *Ange des nuits, viens de tes voiles sombres.*

PREMIER COUPLET. (Délia et Verdikan).

Si votre cœur eût été libre encore,
J'aurais formé le projet enchanteur
de vous offrir un cœur qui vous adore;
Et l'avenir m'eût promis le bonheur.
Je serais fidèle et tendre,
Vos desirs seraient ma loi;
Si vous pouviez me comprendre,
Vous penseriez comme moi.
Si vous pouviez me comprendre,
Vous penseriez comme moi.
Si vous pouviez me comprendre,
Vous penseriez comme moi,
Comme moi,
Comme moi.

CONSTANCE.

DEUXIÈME COUPLET.

Mais, Floricourt, mon cœur est libre encore,
Réalisez cet espoir enchanteur ;
Et s'il est vrai qu'en ces lieux on m'adore,
Mon cœur déjà croit rêver au bonheur.
Clémence fidèle et tendre,
Mon sort sera des plus doux ;
Car je sais bien vous comprendre,
Et je pense comme vous.
Oui, je sais bien vous comprendre,
Et je pense comme vous.
Oui, je sais bien vous comprendre,
Et je pense comme vous,
Comme vous,
Comme vous.

SAINVILLE.

Comment, charmante Constance, je pourrais espérer........

DORINE.

Sans doute.

CONSTANCE.

Si pourtant, vous obtenez l'aveu de ma tante. Gardez son portrait, et déclarez-lui vos sentimens, en le lui remettant.

DORINE (*à part en sortant*).

Rendons compte à Madame de la conversation, sans lui dire cependant que Floricourt est un nom supposé.

(*Constance et Dorine sortent*).

SCÈNE XI.

SAINVILLE (*seul*).

Aurais-je dû m'attendre à un aveu aussi flatteur? Ah ! Sainville, Sainville, madame de Roselle te pardonnera-t-elle ton déguisement ? Oui, son cœur a aimé ; elle ne peut être insensible. Mais Constance, ma charmante élève.

Air : *Ah ! je triomphe de son cœur.* (L'Ami de la maison).

Ah ! je triomphe dans ce jour,
Son cœur se rend à mon amour,
Son cœur se rend à mon amour,
Son cœur se rend à mon amour,
Son cœur se rend à mon amour.
Son innocence
Guide son cœur,
Et dans le mien je sens d'avance
Naître un plaisir enchanteur,
Et dans le mien je sens d'avance
Naître un plaisir enchanteur.
Ah je triomphe! ah quel bonheur!
Tout me répond de son ardeur,
Tout me répond de son ardeur,
Tout me répond de son ardeur,
Tout me répond de son ardeur,
Tout me répond de son ardeur.
Mon amour, à sa Tante,
Se pourra découvrir,
Se pourra découvrir,
Se pourra découvrir;
Et ma flamme brûlante
Doit enfin l'attendrir.
Elle entendra,
Pardonnera
Ma vive flamme,
Tout dans son ame
M'excusera.
Oui, elle entendra,
Pardonnera
Ma vive flamme:
Tout dans son ame
M'excusera.
Ah! je triomphe dans ce jour;
Son cœur se rend à mon amour,
Son cœur se rend à mon amour.
Son innocence
Guide son cœur,
Et dans le mien je sens d'avance
Naître un plaisir enchanteur.
Je triomphe,
Je triomphe,
Je triomphe, ah! quel bonheur!
Tout me répond de son ardeur. (*bis quâtre f.*)

Constance a eu raison, en remettant ce portrait à madame de Roselle, je pourrai..... Retouchons-le un peu.

SCÈNE XII.

SAINVILLE, DORVAL.

(*Au moment où Dorval arrive, Sainville est occupé à retoucher le portrait de madame de Roselle, et sa position l'empêche d'appercevoir Dorval*).

SAINVILLE (*examinant le portrait*).

Il est frappant !

DORVAL, (*à part.*)

Après une si longue absence, je vais donc la revoir !

SAINVILLE (*examinant toujours*).

J'en suis enchanté !

DORVAL (*appercevant Sainville*).

Voici quelqu'un ; approchons. (*Dorval aborde Sainville, qui se retourne, tous deux paraissent étonnés, en se reconnaisant*).

DORVAL.

AIR : *C'est à tort qu'on veut d'un Auteur.* (Grimou).

Sainville ! étrange événement !

(*A part avec jalousie*).

Pourrait-elle m'être infidelle ?

SAINVILLE (*à part*).

C'est Dorval ! mais, en ce moment,
Que peut-il vouloir chez Adèle ?

DORVAL (*à part, après avoir apperçu le portrait.*)

Ce sont ses traits ! soupçons affreux !

SAINVILLE (*à part.*)

Son embarras paraît extrême.

DORVAL (*à Sainville*).

Dis-moi, que fais-tu dans ces lieux ?

SAINVILLE (*embarrassé*).

Ce que j'y fais...., mon ami...., j'aime !

DORVAL (*à part.*)

Voilà cette fidélité qu'elle m'avait tant de fois jurée !

SAINVILLE.

Connaîtrais-tu la maîtresse de cette maison ?

DORVAL (*affectant du sang froid*).

Peu.... et toi? (*A part*). Dissimulons pour savoir si mes pressentimens sont fondés.

SAINVILLE (*à part*).

Il la connaît peu ? tant mieux. (*Haut*). Je la connais beaucoup moi.

DORVAL (*à part*).

Il ne s'en cache pas. (*Haut*). Et tu aimes, dis-tu?

SAINVILLE (*vivement*).

Aimer ? Oh ! mon ami, j'adore la charmante.... (*Il se retient*). (*A part*). Indiscret, j'ai failli me trahir!

DORVAL (*à part*).

Il allait me la nommer. (*Haut*). Et l'on t'aime aussi, sans doute.

SAINVILLE.

Il n'y a qu'un instant, dans ce salon, on me donnait des espérances.

DORVAL (*à part*).

Eh bien ! je suis arrivé dans un joli moment. Tâchons d'obtenir sa confiance. (*Haut*). Et moi aussi, j'aime.

SAINVILLE (*avec joie*).

Il m'est facile de concevoir ton bonheur.

DORVAL.

Il est d'autant plus grand, que ma maîtresse est parfaite.

SAINVILLE (*vivement*).

C'est comme la mienne.

DORVAL (*à part*).

Je ne le crains que trop. (*Haut*). Pour t'en donner une idée, je vais te faire son portrait :

Deux grands yeux bleus, une bouche charmante,
De beaux cheveux, bras des plus séduisans,
Air langoureux, taille attrayante,
Les grâces, la pudeur, voilà son ornement.

SAINVILLE.

Cette personne doit être bien séduisante !

DORVAL (*regardant le portrait*).

Oh ! Oui. Bien séduisante.

SAINVILLE (*voyant son mouvement*).

C'est le portrait de Madame........

DORVAL (*à part*).

L'aurait-il reconnu ?

SAINVILLE.

Il est frappant !

DORVAL (*revenant comme d'un songe*).

Je n'avais pas fait attention.

SAINVILLE.

Il est pourtant facile à reconnaître.

DORVAL.

Revenons à ta maîtresse ; car j'exige confidence pour confidence.

SAINVILLE (*regardant machinalement le portrait.*)

Il est facile de te la dépeindre ; elle est toujours devant mes yeux.

DORVAL.

A présent, mon ami.

SAINVILLE.

Impossible. Il faut que je parle sur-le-champ à l'original de ce portrait. Un mariage sera peut-être le résultat de notre conversation. Ainsi, mon cher Dorval, je t'invite à ma nôce.

(*Il sort et emporte le portrait*).

SCÈNE XIII.

DORVAL (*seul*).

Croyez donc à la constance ; comme elle m'a trompé. O vous qui nous rangez sous vos loix, souvenez-vous que la beauté et les talens ne servent à rien, s'ils ne sont accompagnés de la vertu.

Air *du Vaudeville*, *de* Jean Monet.

Par les vertus embellie,
La femme séduit bien mieux :
C'est peu qu'elle soit jolie,
La beauté ne plaît qu'aux yeux.
La candeur,
La douceur,
Voilà ce qui plaît aux dames,
Et qui grave en traits de flamme
Son image dans mon cœur.

J'apperçois madame de Roselle. Voyons quel effet mon arrivée va produire sur elle.

SCÈNE XIV.

Mme. DE ROSELLE, DORVAL.

Mme. de ROSELLE.

Je vous revois enfin, mon cher Dorval.

DORVAL.

Oui... Madame, et plutôt que vous ne pensiez, peut-être.

Mme. de ROSELLE.

Pourriez-vous le croire ?

DORVAL (*à part*).

Comme elle disimule.

Mme. de ROSELLE.

Que signifie cet air réservé ? vous ne répondez rien. (*A part*). Serait-il changé ?

DORVAL (*froidement*).

Vous vous alarmez à tort ; vous êtes toujours ma chère... Adèle.

Mme. de ROSELLE (*vivement*).

Mettez fin à mon tourment ; expliquez-moi ce qui peut causer votre froideur.

DORVAL (*avec emportement*).

Ce qui la cause ? ce qui la cause ? Ah ! Madame, pouvez-vous me le demander ? Et Sainville !....

Mme. de ROSELLE.

Sainville ! que veut dire ce nom ?

DORVAL (*à part*).

Voilà les femmes : on en trouve beaucoup d'aimables, mais bien peu de sincères.

Mme. de ROSELLE.

(*A part*). Je ne le vois que trop, il ne m'aime plus.

DORVAL (*l'ayant entendue*).

Que ne dit-elle la vérité.

Mme. de ROSELLE.

(*A part*). Qui aurait cru qu'au moment où je gémissais de son absence, je pleurerais son retour ?

Air : *Le sot role de confidente*. (de Fanchon).

Me faut-il, lorsque je l'adore,
A lui renoncer sans retour ?
D'amour ce feu qui me dévore
Ne peut-on le rendre à l'amour ?
Par ce Dieu qui cause nos peines
Pourquoi ne puis-je me venger ?
Que ne partage-t-il mes chaînes,
Si mon cœur ne sait les changer ?

DORVAL (*à part*).

Que ses accens sont doux ! Pourquoi faut-il qu'un autre?....

Mme. de ROSELLE.

Puisqu'Adèle n'a plus de pouvoir sur le cœur de Dorval......

DORVAL.

Plus de pouvoir ! ! !....

Mme. de ROSELLE.

Ne refusez-vous pas de vous expliquer ?

DORVAL.

C'est vous, Madame, qui voulez me persuader que Sainville.....

Mme. de ROSELLE.

Non, Monsieur, non, il ne m'est pas connu........ Mais je lis dans votre ame : vous ne cherchez qu'un prétexte pour rompre, et pour cela seul vous me supposez des torts que vous êtes loin de me soupçonner.

DORVAL.

Je n'y puis résister. (*Il va pour sortir et rencontre Sainville*).

SCÈNE XV.

Mme. DE ROSELLE, SAINVILLE, DORVAL, CONSTANCE.

CONSTANCE.

Ma tante, ma chère tante, il m'a tout avoué ; pardonnez-lui, je vous en conjure.

Mme. de ROSELLE.

Explique-toi.

CONSTANCE.

C'est Sainville qui doit se charger du soin de vous désabuser de l'erreur où vous êtes sur son compte.

Mme. de ROSELLE.

Sainville ! dis-tu ?

CONSTANCE.

Eh oui, ma tante.

DORVAL.

Nierez-vous à présent que vous le connaissez. (*A Sainville*). Vous triomphez, Monsieur, mais bientôt vous vous verrez sacrifié.

SAINVILLE.

A tes yeux enflammés, à ton air courroucé, je crois reconnaître un amant. Serais-tu par aventure celui de......

DORVAL.

N'ajoutez pas la raillerie à l'offense.

Mme. de ROSELLE.

Je desire une explication, et je l'attends de vous, Floricourt.

DORVAL.

Floricourt ? c'est Sainville.

Mme. de ROSELLE.

Sainville ! Il m'a trompée.

SCÈNE XVI.

LES PRECEDENS, GERMAIN, DORINE.

GERMAIN.

Personne, dans cette maison, ne s'appelle ainsi, te dis-je, et c'est mal à propos que tu prétends.....

DORINE.

Rendre cette lettre à son adresse. (*A Sainville*). M. Sainville, on attend la réponse.

GERMAIN.

Ah ! c'est lui qui se nomme...... (*Bas à Dorine*). Quand je te disais que c'était un amant déguisé.

SAINVILLE (*à Me. de Roselle*).

Oserai-je vous prier de lire.....

Mme. de ROSELLE.

Cette lettre vous justifiera-t-elle : elle est de monsieur Frémond.

SAINVILLE.

Lisez.

Mme. de ROSELLE.

(*Elle lit*). « Monsieur, sachant combien vos vues » étaient honnêtes, je n'ai pas balancé à vous introduire » chez Mme. de Roselle, sous un nom supposé : vous » vouliez plaire a sa nièce, et sans doute vous y avez » réussi.

CONSTANCE.

Oh oui !

DORVAL (*à part*).

A sa nièce ?

SAINVILLE.

Continuez.

Mme de ROSELLE.

(*Elle continue*). » Quelqu'un vous a apperçu » chez elle. Votre présence pourrait nuire à la répu- » tation de ces dames, et je vous préviens que je les

» informerai de votre vrai nom, si vous ne quittez » l'*incognito*, à la réception de la présente.

FRÉMOND ».

SAINVILLE.

Vous connaissez mon amour, Constance l'approuve; mon sort est dans vos mains.

DORVAL.

Sainville n'est pas le seul qui doive réclamer un pardon; et ma cruelle jalousie.....

Mme. de ROSELLE.

N'est-elle pas une preuve de votre amour. (*A Sainville*). Sainville, je ne vous ferai point de reproches: Constance vous aime; et puisque votre famille et votre fortune vous donnent le droit de prétendre à sa main, vous l'obtiendrez, mais quand elle sera plus raisonnable.

CONSTANCE (*avec humeur*).

Plus raisonnable! j'en étais sûre.

SAINVILLE (*à Dorval*).

Parle donc pour nous, mon ami, j'ai cent raisons d'être plus pressé que toi.

Air : *La comédie est un miroir.*

En s'unissant en ce moment
A celle qui règne en son ame,
Dorval n'agit pas prudemment,
Il n'est pas maître de sa femme.
Pour moi, le cas est différent,
Car dans l'objet de ma tendresse,
Je vais trouver, en l'épousant,
Et mon élève et ma maîtresse.

DORVAL (*à Me. de Roselle*).

Cédez à leurs desirs.

Mme. de ROSELLE.

Constance n'a que quatorze ans, et sans dispense je ne puis.....

CONSTANCE

On les obtiendra.

DORVAL.

Je m'en charge.

Mme. de ROSELLE.

J'y consens. Dorval, attendons pour notre mariage le jour où l'hymen comblera les vœux de ces jeunes amans.

GERMAIN.

Je n'oublie pas, fripponne, que tu m'as promis ta main.

DORINE.

Oui, mais après une année d'épreuve.

GERMAIN.

Tu veux plaisanter.

VAUDEVILLE.

Air : *Il est naturel d'enflammer.* (Fanchon).

D'attendre l'on m'ordonne en vain,
Sur ce point je ne puis te plaire :
Mon amour, le fait est certain,
Devrait pourtant te satisfaire.
Serait-ce la première fois
Qu'ayant un peu de confiance,
D'amour tu subirais les lois,
Sans demander une dispense ?

SAINVILLE.

Oui, le sexe, d'être constant,
Pour notre malheur, se dispense ;
Mais la moindre faveur souvent
Nous captive, s'il la dispense.
Il séduit à chaque moment,
Mais de plaire ne se dispense ;
Aussi, de l'aimer constamment,
N'avons-nous jamais de dispense.

CONSTANCE.

Du plus aimable sentiment
Vous me faites goûter l'ivresse,
Et sans exiger de serment,
Vous devez croire à ma tendresse.
Douter de ma fidelle ardeur,
Serait une cruelle offense ;
Car on avait lu dans mon cœur,
Du jour qu'on me nomma Constance.

Mme. de ROSELLE. (*au Public*).

En les unissant, je prétends,
(Si nous avons une dispense)
Qu'à des êtres intéressans
Leur tendre amour donne naissance.
Peut-être un d'eux, un jour soldat,
Sera le soutien de la France.
Messieurs, pour le bien de l'Etat,
Légalisez notre dispense.

FIN.

www.ingramcontent.com/pod-product-compliance
Ingram Content Group UK Ltd.
Pitfield, Milton Keynes, MK11 3LW, UK
UKHW020949220726
13924UKWH00002B/581

9 782019 242350